LA FÓRMULA del doctor funes

LA FÓRMULA
del doctor
funes

FRANCISCO HINOJOSA

ilustrado por

MAURICIO GÓMEZ MORIN

FONDO
DE CULTURA
ECONÓMICA

Primera edición,   1992
Segunda edición,   1994
  Decimoctava reimpresión,   2015

Hinojosa, Francisco
   La fórmula del doctor Funes / Francisco Hinojosa ; ilus. de Mauricio Gómez Morin. — 2ª ed. — México : FCE, 1994
   97 p. : ilus. ; 19 × 15 cm — (Colec. A la Orilla del Viento)
   ISBN 978-968-16-4072-9

   1. Literatura infantil I. Gómez Morin, Mauricio, il. II. Ser. III. t.

LC PZ7   Dewey 808.068 H799f

Distribución mundial

D. R. © 1992, Fondo de Cultura Económica
Carretera Picacho-Ajusco, 227; 14738 México, D. F.
www.fondodeculturaeconomica.com
Empresa certificada ISO 9001:2008

Editor: Daniel Goldin
Diseño: Arroyo + Cerda
Dirección artística: Rebeca Cerda

Comentarios: librosparaninos@fondodeculturaeconomica.com
Tel.: (55)5449-1871. Fax: (55)5449-1873

ISBN 978-968-16-4072-9

Impreso en México • *Printed in Mexico*

Para María

El telescopio

❖ CUANDO cumplí los once años mis papás me regalaron algo mejor que lo que yo había estado soñando: en vez de los binoculares que les pedí para llevarlos al estadio de futbol, me dieron un telescopio, de esos con los que se pueden ver las estrellas y la luna.

Vivir en el piso once de un edificio donde no hay más niños con quienes jugar no es que digamos muy divertido. Tampoco lo es mirar a través del telescopio la aburrida luz de una estrella o la luna, en donde ya se sabe desde hace mucho que no hay extraterrestres verdes y con antenas que la habiten. Lo que sí me gusta del telescopio es todo lo que se puede ver con él hacia abajo: la calle, los coches, la gente que camina o hace cola en el cine o se moja bajo la lluvia. También me gusta ver hacia las ventanas de los edificios cercanos o hacia las azoteas de las casas. Lo que pasa en la calle, al menos para mí, es más entretenido que las estrellas del cielo o la televisión.

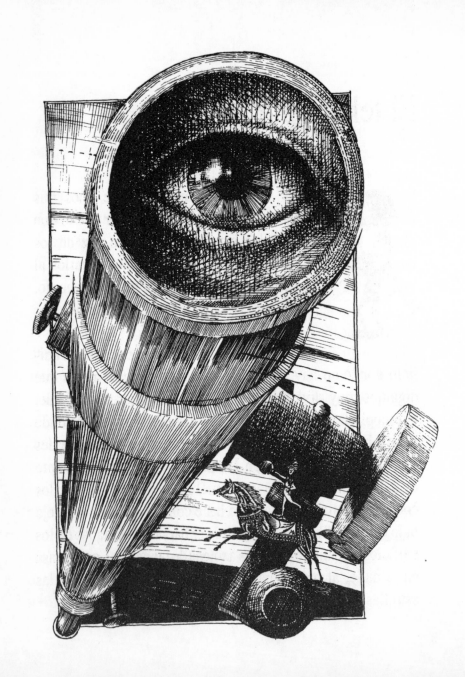

Todos los días, después de comer, me encierro en mi cuarto, limpio el telescopio, lo armo y me pongo la tarde entera a ver qué pasa afuera. En poco tiempo han sucedido cosas dignas de ser contadas: vi cómo la policía atrapaba a un hombre que le había robado la bolsa a una señora, a los bomberos en plena acción apagando una llanta a la que alguien le había prendido fuego en una esquina, el asalto de dos hombres encapuchados a la Oficina de Correos, el desfile de la primavera y la filmación de una película.

Pero sucedió algo todavía mejor. Un sábado en el que mi papá me iba a llevar a un partido de futbol y que a la mera hora no pudo, enfoqué el telescopio hacia el edificio de enfrente. Descubrí en una de las ventanas a un viejito, casi pelón, vestido con una bata blanca y una corbatita de moño. Al principio pensé que estaba cocinando su comida del día, porque lo vi pelando plátanos, rallando zanahorias y cortando en una tabla trozos de calabaza, pepino y no sé qué otras verduras y frutas que no alcancé a distinguir. Al rato sacó del refrigerador un ratón, dos lagartijas y una bolsita llena de caracoles.

Primero se me ocurrió que el viejito se divertía haciendo experimentos, como los que a veces hago yo. Pero luego pensé en algo más lógico: que se trataba de un brujo. Cortó en cachitos el ratón y las lagartijas, aplastó con el puño los caracoles y, junto con los otros ingredientes, echó todo en una olla que tenía sobre la estufa. Nada más de pensar que alguien pudiera comerse ese asqueroso revoltijo me dolió el estómago y me dieron ganas de vomitar.

El viejito movía con una pala su brujería, luego le echaba unas hojitas o pétalos azules y unas gotas de una agüita de color rosa que tenía en un frasco, volvía a mover, le echaba una cucharada de algo que podría haber sido salsa de chile o sangre y otra vez a mover. Finalmente apagó la lumbre y vació el contenido de la olla en la licuadora. Molió todo durante un buen rato y después lo coló con una tela que tenía sobre un jarra grande de vidrio. Al último, vació el caldito verde que había quedado en un frasco pequeño y lo olió. Puso tal cara de felicidad que parecía más bien que había olido un perfume y no una verdadera cochinada.

La verdad, el viejito me parecía muy sospechoso. Eso de andar haciendo brujerías o experimentos a su edad me hizo pensar que podía estar medio chiflado. Lo que sucedió después fue que se puso a escribir en un cuaderno de pastas azules durante unos minutos, se levantó para ir hacia un cuarto que no alcanzaba yo a ver con mi telescopio y regresó con un gato blanco entre los brazos.

Empezaba a asustarme. Pensé que iba a cortar también en cachitos al pobre gato para hacer otro de sus guisados. Pero no lo hizo. Lo acarició y le sirvió en un plato un poco de leche a la que alcanzó a echarle antes, con un gotero, dos gotas de su experimento.

No podía creer que hubiera hecho todo eso sólo para embrujar a un animal. Además, estaba seguro de que el gato iba a ser incapaz de beberse esa porquería. Pero me equivoqué: se tomó la leche como si no hubiera comido nada en varios días.

En esas estaba cuando mi mamá me llamó a cenar. Y cuando mi mamá dice "¡A cenar!", no hay pero que valga. ❖

El gato

❖ AL DÍA siguiente me moría de ganas de volver a espiar al viejito. Por todo lo que había visto el día anterior, algo me despertaba como nunca la curiosidad. Tanto que en la escuela no pude dejar de pensar en él durante la clase de biología. La maestra se dio cuenta de mi distracción y me pidió que me pusiera de pie.

—Martín, por lo que veo no estás muy interesado en la clase, ¿verdad? ¿Podrías decirme de qué estaba hablando?

A la señorita Lucy era difícil engañarla. No tuve de otra más que decirle la verdad: que no estaba poniendo atención en la clase. El resultado era de esperarse: a ella siempre se le ocurría lo mismo, mandarme al rincón.

Bueno, pero hablaba de que ese día, después de comer un horrible hígado encebollado, que se me antojaba menos que la sopa de ratones, lagartijas y caracoles, me fui a mi cuarto a armar cuanto antes el telescopio y a esperar a que sucediera algo en la calle o en el departamento del viejito. Esa

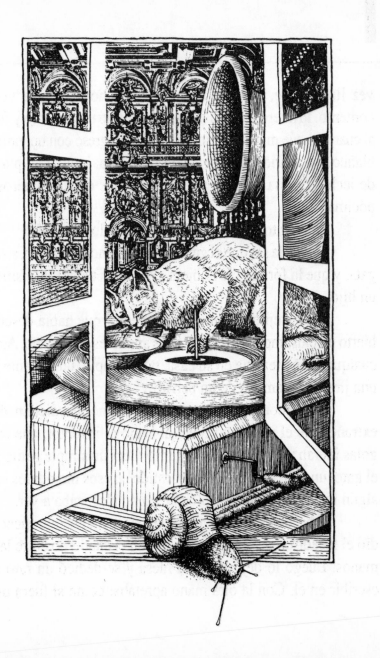

vez llegó tarde, como a las siete de la noche. Se le veía contento. Primero se puso su bata, se comió un durazno y fue al cuarto al que mi telescopio no llegaba. Regresó con un gatito blanco. Lo acarició y lo dejó sobre la mesa, junto a un plato de leche. En esa ocasión no le echó gotas de su asquerosa pócima.

Traté entonces de explicarme todo lo sucedido:

1) Podría ser que el gato embrujado no fuera gato, sino gata, y que la fórmula le hubiera ayudado a tener rapidísimo un hijo.

2) El viejito podría ser un inventor que había descubierto un bálsamo para reducir a los animales de tamaño. Así, cualquier niño tendría en su casa, por ejemplo, un elefante o una jirafa del tamaño de un perrito.

3) Lo peor de todo: que en realidad no sucediera nada extraño, que el viejito no fuera ni brujo ni inventor, que las gotas fueran vitaminas, que el gatito fuera un simple gatito y el gato, un gato que estuviera dormido en esos momentos en algún lugar del departamento que yo no alcanzaba a ver.

El hecho es que el viejito estaba tan alegre que encendió el tocadiscos y se puso a bailar con el cuaderno entre las manos. Luego lo dejó sobre la mesa y se dedicó un rato a escribir en él. Con la otra mano apretaba, como si fuera un trofeo de futbol, el frasco que contenía el jugo de ratones, lagartijas y caracoles.

Otra cosa que recuerdo de ese día es que el gato grande no volvió a aparecer por allí. ❖

El doctor Funes

❖ Había algo en el viejito que me caía muy bien. Y luego de haberlo visto tan feliz y bailando, con más razón.

Esa noche soñé que llegaba a mi casa, tocaba el timbre y me regalaba su gatito. Yo le decía que sí, a pesar de que estaba seguro de que mis papás no me dejarían aceptarlo. Al despertar se me ocurrió la idea de hacerle caso al sueño: podría tocar a la puerta del viejito y decirle que al pasar por allí había escuchado el maullido de un gato. Le diría que si de casualidad su gato iba a tener gatitos que me avisara porque yo quería uno. Era un plan perfecto.

Esa mañana, el profesor de geografía me hizo su pregunta favorita:

—Martín, ¿podrías repetirme lo que acabo de decir?

Por suerte no estaba tan distraído, pues creí recordar lo último que había dicho.

—Que la capital de Bogotá es Colombia.

—¿Qué? —se enojó—. La capital de Colombia es Bogotá, y no Bogotá la de Colombia. Como ya veo que te gustan las cosas al revés, a la hora del recreo te vas a quedar en el salón a estudiar todas las capitales de los países de América.

Y así fue. Los demás salieron al recreo y yo me quedé a estudiar en el salón. Claro, y a pensar en la manera en que iba a convencer al viejito de que me dejara pasar a su casa, aunque a cambio tuviera que aceptar al gato, y con ello un buen pleito con mis papás.

Al salir de la escuela, tomé la bicicleta y pedaleé a todo lo que daba para llegar cuanto antes a casa del viejito. Lo que quería era subir al piso doce, donde según mis cálculos estaba su departamento, e identificar la puerta a la que tocaría por la tarde. Una vez allí, pegué la oreja a la puerta: no escuché ningún ruido.

Salí igual de destapado rumbo a mi casa, donde me esperaba una mala noticia: sopa de calabaza. Luego otra peor: pollo con zanahorias. Ya sabía que no valía la pena repelar, porque terminaba siempre comiéndome todo. En un momento en el que mi papá se levantó para contestar el teléfono y mi mamá estaba distraída, aproveché para guardarme en la bolsa del pantalón las zanahorias que sobraban en mi plato. Lo

único bueno de la comida fue el agua de tamarindo, aunque le faltaba un poco de azúcar.

Después de comer, pedí permiso para ir a jugar al parque. Me preguntaron lo de siempre:

—¿Y la tarea?

Prometí que la haría antes de salir. Al terminarla, armé el telescopio y me puse a esperar a que el viejito llegara a su casa. El gatito estaba allí, buscando sobras de comida en la mesa del comedor. Del gato grande, ni sus luces.

De tanto esperar me quedé dormido. En cuanto abrí los ojos, corrí al telescopio: el viejito ya había llegado. Se le veía igual de contento que el día anterior. Se puso a bailar con el gatito, le dio un poco de queso y se puso otra vez a bailar, pero ahora con el frasco de su pócima en las manos. Había llegado el momento.

Mostré mi tarea terminada, prometí no regresar tarde y salí a la calle rumbo al edificio de enfrente. Al llegar al piso doce esperé un rato hasta que pude escuchar al fin un maullido. Entonces toqué.

—¿Quién es?—me preguntó una voz desde el interior.

—Soy un vecino —respondí. En cuanto el viejito abrió la puerta empecé a hablar:— Oí que una señora decía que su gata acaba de tener gatitos.

—¿Gatitos? —se sorprendió.

—Sí, mi papá me mandó a decirle que él quisiera comprarle uno. Es que tenemos ratones en la casa...

—La verdad sólo tengo un gato y no quisiera deshacerme de él.

—¿Puedo verlo? —se me ocurrió decirle.

—Claro, pásale. Puedes verlo y además tomarte un vaso de agua de horchata. Está muy fría.

Por supuesto que acepté, aunque he de decir que el corazón me latía como nunca. El departamento era tal y como yo lo había visto a través del telescopio. La licuadora, la balanza donde pesaba los ingredientes de su guisado, la olla donde los había puesto a cocer, el frasquito con el líquido verde, la bata blanca que colgaba de un perchero, el gatito. También vi restos de otras cosas que seguramente le había echado a su experimento: un poco de ceniza o polvo, hojas de distintos árboles, pelos...

Cuando abrió el refrigerador para sacar la jarra con el agua de horchata alcancé a ver una bolsa con unos cuantos caracoles. Se me ocurrió entonces que el agua podía tener de esas repugnantes gotitas. No me atrevía a probarla por miedo a ser embrujado.

—A ver, a ver, ¿qué señora te dijo que yo tenía unos gatitos?

—Pues una —le respondí.

—¿Cuál?

—La que vive aquí abajo.

—Aquí abajo no vive ninguna señora. Es un consultorio de dentistas. Y en el piso de más abajo tampoco. Es una academia de danza.

—Bueno, la verdad, es que lo vi un día en la calle con el gatito...

—¡En la calle! —gritó. —¡Nunca lo he sacado a la calle!

—Bueno, más bien oí el maullido del gato cuando pasaba por aquí.

—¿Ah, sí? ¿En dónde vives?

—Pues aquí arriba —le respondí, sabiendo que estaba a punto de descubrir mis mentiras.

—Arriba hay un despacho de abogados.

—Más arriba.

—¿En la azotea?

Iba a huir, pero no me quedó de otra más que platicarle toda la verdad, desde que lo vi a través del telescopio hasta el momento en que el gato se tomó la leche con las gotas de su experimento. ❖

El experimento

❖ MIENTRAS me escuchaba, en vez de ponerse furioso, se reía conmigo de todo lo que había hecho. Como vio que no me atrevía a tomarme la horchata que me había invitado, me dijo que no me preocupara, que el agua no tenía de sus gotitas mágicas.

—Martín, la verdad me caes bien. Por eso voy a contarte un secreto, un secreto que tiene que quedar entre tú y yo.

Y entonces el doctor Funes, como me dijo que se llamaba, me platicó todo.

—Mi abuelo fue un médico famoso en todo el mundo. Descubrió, entre muchas otras cosas, una fórmula para quitar la tos en menos de un minuto. El problema fue que el jarabe que inventó sabía tan feo, pero tan feo, que los enfermos que lo tomaron se curaron de la tos, aunque también estuvieron con fuertes dolores de estómago y con náuseas más de una semana.

—¿Le echaba lagartijas?

—No, no, las lagartijas nada tienen que ver con la tos. Lo que tenía el jarabe era hígado de rata, brócoli podrido y unas cuantas alas de cucaracha. Ya lo creo que debe haber sabido espantoso. Pero mi abuelo inventó todavía algo peor, un remedio para curar el sarampión con tres inofensivas gotitas de un líquido hecho a base de patas de pollo, corazones de camello, muy difíciles de conseguir por cierto, tripas de perro pastor alemán y no se qué tantos mosquitos, arañas y orugas.

—¡Guácala!

—Pues claro que guácala. Pero si los niños con sarampión se aguantaran tantito antes de vomitar podrían curarse. Es una lástima... En fin, te estaba contando que mi abuelo fue un genio.

—¿Qué más inventó?

—A eso iba. Poco antes de morir, víctima de uno de sus propios inventos, mi abuelo descubrió que aquí—el doctor Funes se tocó abajito de la oreja— todos tenemos una glándula, del tamaño de una hormiga, que es la responsable del envejecimiento. Cuando la descubrió, tomó la decisión de operar a un chango para quitársela y ver si así dejaba de envejecer. Pero el resultado no fue el que quería: el pobre chango se hizo viejito en menos de una hora y murió. Luego se puso a buscar una fórmula para crear una sustancia que frenara el funcionamiento de esa glándula. Y casi lo logró...

—¿Con el ratón y las lagartijas y...?

—Sí, con esos nobles animales y con muchos otros ingredientes. Lo que le faltó descubrir fueron dos cosas: una sustancia importantísima que producen los caracoles de jardín, llamada babociclato, y el azulminio, que es el zumo que sueltan las flores de jacaranda al hervirse. Al combinar todas las sustancias que ya había descubierto mi abuelo, con el babociclato y el azulminio, se logra frenar el funcionamiento de la glándula y se renuevan sus tejidos, ¿me entiendes?

—Claro —respondí, aunque la verdad no había entendido nada.

—En este cuaderno —continuó— está apuntada la fórmula. Y aquí, en este frasquito, está ni más ni menos que el descubrimiento más grande que se haya hecho hasta hoy en el mundo: la fuente de la eterna juventud. ¿Comprendes? El gato grande que viste con tu telescopio tomó en su leche dos gotitas y míralo, ahora es un minino de apenas dos meses de edad.

—¿Y qué va a hacer ahora con la fórmula? ¿Dónde la va a vender?

—¡A vender! —me dijo enojado—. ¿Cómo se te ocurre pensar eso? Imagínate: si la vendiera y todos la tomaran ya no habría gente adulta en el mundo, todo el planeta estaría habitado por jóvenes y niños. No, ni pensarlo, sería un caos espantoso. Además tengo que cuidarme muy bien de que nadie conozca cómo hacer la fórmula, especialmente del doctor Moebius, que es un individuo funesto que toda la vida se ha creído científico cuando no es sino un vulgar ladrón. A mi abuelo le robó su fórmula para hacer que las gallinas pusieran huevos con tres yemas. Y a mí me ha seguido durante muchos años para ver en qué momento descubro la fórmula que dejó inconclusa mi abuelo y me la roba.

—¿Y entonces qué piensa hacer?

—¿Qué no has adivinado?

La mera verdad empezaba a pensar que el viejito era como todos los inventores: un poquito loco. No podía creer que no quisiera vender su fórmula. Si dijo que "todo el mundo" se la compraría, bien podría ser si quisiera el hombre más rico del planeta. Tampoco pensaba que su intención fuera dedicarse a convertir a todos los gatos que se encontrara en gatitos. A menos que...

—Pues esta fórmula es sólo para mí. A partir de mañana voy a ser un joven de unos dieciocho años, ¿qué te parece? Voy a dejar ya esta vieja carrocería y a volver a jugar futbol, a conquistar muchachas, a ir otra vez a la universidad como alumno, a dejar de tomar todas esas medicinas que les recetan a los viejos. Imagínate, yo creo que hasta el pelo voy a recuperar.

—Me tengo que ir —le dije en cuanto me di cuenta de que ya se había hecho tarde.

—¿Vendrás mañana a comprobar el éxito de mi descubrimiento?

—Si usted me invita... ❖

Pablo

❖ DEJÉ al doctor Funes con sus inventos y me fui a mi casa. Mi mamá me dijo que me había ido a buscar al parque y que no me había encontrado. Tuve que mentirle: le dije que había preferido ir a andar en patineta al estacionamiento del cine. Sus noticias no eran buenas: se le había olvidado que mi tío Toño nos invitó a su casa porque era el cumpleaños de mi primo. Desde luego, me pareció una mala idea, muy mala. Así no tendría tiempo para ver con mi telescopio cuando el doctor Funes se tomara su fórmula.

Traté de convencerla de que prefería no ir y quedarme solo, de que yo mismo me haría de cenar, de que me lavaría los dientes, de que me dormiría temprano, pero fue imposible. Cuando mi mamá dice no, no hay manera de hacerla cambiar de opinión. Antes de salir, aproveché un momento para echarle un ojo con el telescopio al doctor Funes. Las luces estaban encendidas, la jarra de horchata estaba sobre la mesa, junto a un vaso vacío, el gatito comía un pedazo de carne. Y el doctor por ningún lado. "Quizás esté en el baño", pensé. En esas estaba cuando mi mamá me llamó y no me quedó de otra que irme con ella rumbo a casa del tío Toño.

Mi primo me esperaba para jugar. Tiene siete años y lo único en lo que piensa es en combatir conmigo con sus pistolas, espadas, arcos y flechas. Si no jugaba con él, se me armaba de lo lindo. Me dirían lo de siempre: que lo comprendiera, que yo también había tenido siete años, que aunque fuera un ratito... y que además era su cumpleaños.

En esas circunstancias lo mejor era ser obediente. Tomamos las espadas y los escudos, nos pusimos capas y peleamos toda la tarde. Al final, cuando vi que ya estaba cansado le conté cuentos en los que había muchas batallas y muchos muertos para que se durmiera cuanto antes.

Al día siguiente, lo primero que hice al despertarme fue mirar con el telescopio hacia la casa del doctor Funes. El vaso vacío seguía en el mismo lugar, el gatito seguramente estaba dormido en algún sitio al que mi telescopio no llegaba y no se veía ningún movimiento adentro.

Cuando la maestra de biología me hizo preguntas, sí pude responderle. Pero en matemáticas tuve que repetir cincuenta veces en mi cuaderno "Debo estar atento en clase". A la salida, pedaleé a todo lo que daba la bici para poder visitar al doctor Funes antes de la comida.

Una buena sorpresa me esperaba. Llamé a la puerta y me abrió un niño.

—Pásale, Martín, te estaba esperando.

—Doctor Fu...

—Sí, soy yo. Pero llámame Pablo. Ese es mi nombre...

Sin duda había un enorme parecido entre ese niño que me había abierto la puerta y el doctor Funes que yo había conocido. Bien podría haber sido su nieto. Estaba vestido con una camisa que le quedaba grande, unos calzones de señor y no tenía puestos ni calcetines ni zapatos.

Me urgía saber qué había pasado, si en verdad él era el doctor Funes convertido en niño por las gotitas de ratones, lagartijas y caracoles, qué iba a hacer, dónde estaban sus papás...

—¿Mis papás? Martín, recuerda que yo en realidad soy un viejo... Más bien: era un viejo. Y los viejos no tienen papás.

—¿Y con quién va a vivir?

—Háblame de tú, Martín. Yo creo que debemos tener más o menos la misma edad, ¿no crees?

—Sí, sí, es cierto. ¿Con quién vas a vivir?

—Todavía no he tenido tiempo de hacer planes. Por lo pronto puedo vivir aquí. El departamento es mío. Lo que sí voy a necesitar es ropa. ¿Podrás prestarme una camisa y un pantalón..., y calcetines y calzones y zapatos? Te los devuelvo pronto, en cuanto pueda ir a una tienda a comprarme ropa, ¿qué dices?

—Claro, Pablo, después de comer...

—¿Qué te parece mi invento? Bueno, mío y de mi abuelo.

—Pues bien, bien —le respondí, aunque en realidad algo le había fallado; por eso le pregunté:— ¿No que ibas a tener dieciocho años?

—Eso mismo pensaba yo. Pero qué quieres, no calculé bien la dosis. De todas maneras no importa, porque la verdad se siente maravilloso tener doce años, ¿o no?

—Si tú dices... Yo la verdad hubiera preferido tener dieciocho o veinte. Eso de estar pidiendo permiso para todo y de tenerse que comer a la fuerza la comida no te lo recomiendo mucho.

—Pues yo tengo unas ganas enormes de correr y treparme a un árbol y jugar futbol y subirme a una bicicleta...

—Cuando quieras podemos hacerlo, pero por lo pronto tengo que irme. Si no llego ya, mis papás se van a preocupar.

—Bueno, vete a comer y yo te espero aquí más tarde. Sí puedes, ¿verdad?

—Seguro.

—No se te vaya a olvidar la ropa. Ya no aguanto tener que usar esta enorme camisa... y menos estos calzones que se me caen a cada rato. ❖

Problemitas

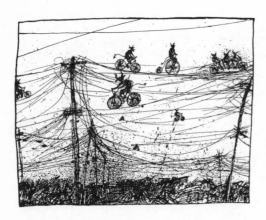

❖ SÍ QUE era un bonito lío en el que andaba metido Pablo.

No quise platicar nada de lo sucedido a mis papás. Estaba seguro de que no me lo iban a creer. Y además no le había preguntado a Pablo si podía contar las cosas. Así es que comí rápido. Para nada se me ocurrió hacerle caras a la comida. Al contrario: dije que todo estaba riquísimo, hasta esa espantosa sopa de cebolla que estuve a punto de regresar íntegra luego de haberla tenido de visita en el estómago. No quería que fueran a negarme el permiso:

—¿Puedo ir a la casa de un amigo a estudiar? Tenemos mañana un examen de gramática dificilísimo.

No pudieron negarse.

En mi mochila, en vez de meter el libro de gramática, empaqué algo de ropa y unos tenis que ya había dejado de usar. Luego fui a la cocina, mientras mis papás dormían la siesta, y tomé galletas, un frasco de mermelada, un litro de leche y un poco de la carne que había sobrado de la comida. No se me ocurrió qué otra cosa llevarle a Pablo. Y a toda velocidad, antes de que se despertaran y se arrepintieran del permiso, salí de allí rumbo a casa de mi nuevo amigo.

Pablo se puso muy contento con la ropa que le llevé: un pantalón verde y una camisa de florecitas que sólo usaba en la playa. Sólo los tenis le quedaron un poco grandes. A las galletas y la mermelada no les hizo ningún caso, y en cambio luego luego calentó la carne en una olla, abrió una lata de chiles que guardaba en la despensa y se puso a comer. Se veía que tenía hambre.

—¿Y ahora qué hacemos? —me preguntó mientras comía—. Si yo fuera el viejo que antes era podría enseñarte muchas cosas divertidas. Pero ahora eres tú el que puede enseñarme cómo vive un niño. Es algo que olvidé hace mucho.

—Pues yo creo que deberías ponerte a preparar una fórmula que te haga tener los dieciocho años que querías.

—No, eso nunca... Es más: esa fórmula ya existe, se llama tiempo. Con un poco de tiempo, unos seis años, tendré los dieciocho, igual que tú. Y mientras tanto, ¡a disfrutar de los doce!

—Si eso es lo que quieres... Pero, ¿cómo le vas a hacer para entrar a la escuela? Todos los niños necesitan tener papás que los inscriban y vayan a las juntas de padres de familia y firmen las calificaciones y...

—No creas que se me antoja mucho ir a la escuela. Ya lo hice muchos años.

—¿Y entonces qué vas a hacer? Los niños como yo y como tú deben ir a la escuela, no al trabajo como los papás.

—Todavía no he pensado en eso. Ya habrá tiempo. Por lo pronto quiero salir a la calle... ¿A dónde vas en las tardes?

—A veces al parque, a veces al cine, a veces mi papá me lleva al estadio de futbol o a casa de mi primo. Aunque casi siempre lo que hago es hacer la tarea, pasear un rato en bici, andar en patineta y mirar a través del telescopio. Me gustaría que lo conocieras.

—Pues vamos.

—¡No —le dije a toda prisa—, mis papás podrían enterarse! No les he dicho nada...

—¿De qué podrían enterarse? ¿De que soy un amigo tuyo?

—Es cierto —respondí, apenado por no haberlo pensado mejor—, si quieres vamos, pero antes tenemos que dar una vuelta, porque dije que iría a estudiar con un amigo de la escuela.

Le dejamos un platito con leche al gato, cerramos con llave el departamento y salimos a la calle. Pablo estaba bastante acelerado: quiso echar competencias al bajar los doce pisos, él por las escaleras y yo por el elevador. Claro que gané, aunque no por mucho.

En el parque le presté la bici. No tenía la menor idea de cómo manejarla. Fue casi como enseñarle a ladrar a una paloma. Después de media hora, y con muchas dificultades, pudo dar una vuelta completa sin caerse. Luego me invitó un helado.

—¿Cómo es que tienes tanto dinero? —le pregunté al ver que sacaba de la bolsa varios billetes.

—Recuerda que hasta ayer yo era un doctor que ganaba mucho dinero en su consultorio. ¿Sabes?, yo soy uno de los mejores cardiólogos del mundo. Bueno, más bien era, porque quién va a querer ahora que lo opere del corazón un niño de doce años. Y mira que podría seguir haciéndolo.

—¿Y cómo le vas a hacer ahora para ganar dinero?

—Todavía no he pensado en nada de eso. Mientras tanto, lo que tengo en la casa puede alcanzarme para vivir unos años. Ya tenía todo previsto.

En cuanto nos terminamos el helado, me dediqué a convencerlo de que se subiera a los diablitos de la bici para que yo lo llevara a la casa. Creo que todo el camino se fue temblando de miedo.

Cuando llegamos, mi papá ya se había ido a trabajar y mi mamá se había ido al mercado. Me dejó una notita. Así es que todo el departamento era para nosotros.

Después de ver un rato por el telescopio, que al parecer no lo divirtió mucho, le enseñé algunas cosas que me gustaba hacer por la tarde cuando me quedaba solo. Pero nada lo emocionó mucho, ni las pinturas, ni el juego de química, ni las llamadas a la pizzería para enviarle cosas a la señora que vive en el departamento de al lado. Al final, le enseñé algunos de mis libros favoritos: los de Sandokán, el de *La isla del tesoro*, el de *Celestino y el tren*. Le iba a enseñar mis colecciones de conchas y de hojas de árbol cuando me acordé de que no había hecho la tarea. Pero Pablo, en un ratito, resolvió por mí todas las preguntas que me habían dejado en mi cuaderno de trabajo.

—¿Qué tal si mañana te acompaño a la escuela?

—Pero cómo, si no estás inscrito.

—Eso se resuelve fácilmente. ❖

El plan

❖ —PODRÍAMOS decir que yo soy un primo tuyo que vive en un pueblito lejos de aquí y que me mandaron mis papás a conocer la escuela para ver si me inscriben en ella el año que entra. ¿Qué tal?

—¿Y tú crees que nos lo van a creer?

—Todo depende... Es más: dame una hoja y una pluma. Voy a escribirle un recado al director..., ¿o es directora?

—Es director, se llama el señor Delgado.

Le di el papel y la pluma y se puso a escribir con una letra, la verdad, muy bien hecha.

Distinguido señor Delgado:
Le envío con mi hijo a mi sobrino Pablo Funes. Él es de un pueblito de Jalisco llamado Paso de Ganado, y sus papás quieren que venga a estudiar aquí la secundaria, durante el próximo ciclo escolar, en la escuela que usted tan dignamente dirige. Espero que pueda recibirlo y tratarlo como a un alumno más para que así se vaya ambientando.
Agradeciendo sus finas atenciones, lo saluda

—¿Cómo se llama tu papá? me preguntó.

—Igual que yo, Martín Poyo.

—Iba a firmar con su propia letra, cuando le advertí que en la escuela conocían de memoria la firma de mi papá. Él siempre me firma las calificaciones.

—¿Y cómo es? ¿Sabes hacerla?

—¡Cómo voy a saber hacerla! ¿Estás loco? —le respondí, aunque como su idea me gustaba mucho busqué alguna de las papeletas de las calificaciones firmadas por mi papá y se la di.

—Vaya —me dijo—, casi todas son buenas calificaciones. Ya veo que no eres flojo.

—Y si vieras cuántas veces voy al rincón porque me distraigo y no hago caso de lo que dicen los maestros...

—Así era yo, aunque no con tan buenas calificaciones.

En una hoja se puso a practicar la firma de mi papá hasta que le quedó igualita. Luego firmó la carta.

—Listo. Desde mañana somos primos y compañeros de escuela

A mí no me gustaba la idea de meter a mi papá en todo eso. Me daba un poco de miedo que el director le llamara para decirle que su firma estaba un poco rara, o que no podía aceptar a mi "primo" en la escuela, o simplemente que había recibido la carta. Buena se me iba a armar si me descubrían la mentira. Pablo me dijo que no me preocupara, que confiara en él, y que en realidad no era una mentira, sino una "mentirita" que a nadie hacía daño.

A cada rato se me olvidaba que mi nuevo amigo no era en realidad un niño, sino un famoso doctor que había hecho, según él mismo decía, uno de los más grandes descubrimientos del mundo. Me hizo un cuento largo sobre toda la gente que desde hace siglos y siglos se había dedicado a buscar la fuente de la eterna juventud. Y me volvió a platicar cómo descubrió el babociclato y la azulminia y cómo lo espiaba y perseguía el doctor Moebius para robarle su fórmula en el momento en que ya estuviera lista.

Si supiera que a mí se me antojaba todo lo contrario: hacerme grande, como de veinte años, manejar coches, no tener que pedir permisos, dormirme a la hora que se me pegue la gana, jugar en la selección nacional, dejar de ir a la escuela, comer sólo lo que me guste... Yo creo que si inventara una fórmula para aumentar años muchos niños se la tomarían, aunque estuviera hecha con cucarachas y lombrices.

De pronto Pablo tuvo una idea: quedarse a dormir conmigo en la casa, así podríamos platicar más acerca de todo lo que tendría que hacer en la escuela. No fue difícil. Cuando llegó mi mamá le dijimos que, después de estudiar, nos vinimos al departamento a jugar y que, como se había hecho tarde, Pablo le pidió permiso a su mamá para quedarse a dormir.

—Dame su teléfono. Le voy a llamar para decirle que no se preocupe.

Yo empecé a temblar. Pensé que la "mentirita" iba a ser descubierta. Pero a mi amigo no se le iba una.

—No va a encontrar a mis papás en casa, señora. Aprovecharon que yo iba a dormir fuera para irse a un restaurante a cenar.

No muy convencida ni muy contenta, se fue a su cuarto y nos dejó solos.

Esa noche quise darle a leer uno de mis libros, pero él prefirió uno de mi papá que había sacado de los libreros de la sala. Era un libro sobre las enfermedades de los caballos y estaba ilustrado con fotografías de tripas bastante asquerosas.

Cuando apagamos la luz, se me ocurrió preguntarle qué había sentido cuando se tomó la medicina y se transformó en niño.

—Ha sido lo mejor que me ha pasado en la vida. Primero me entró un calorcito en todo el cuerpo, como si me estuviera asoleando en una playa en pleno verano. Luego los ojos se me cerraron y empecé a ver algo así como fuegos artificiales de todos los colores en el cielo. La boca me sabía a helado de vainilla y todo lo que respiraba a chocolate recién hecho. Finalmente, antes de convertirme en niño, escuché una música muy dulce, como de flauta. Y todo pasó en menos de cinco minutos. ❖

La escuela

❖ Nos despertamos temprano, antes de que lo hicieran mis papás. Cuando Pablo terminó de desperezarse me preguntó qué clases teníamos ese día.

—Miércoles..., los miércoles hay biología, matemáticas, deportes..., ¡deportes! Si no tienes el uniforme del equipo no te dejarán entrar.

—¿Y dónde lo conseguimos? Podríamos ir a comprarlo de camino a la escuela.

—¿Estás loco? Los venden sólo a principios de año y bastante lejos de aquí. Pero, déjame ver... Por los shorts no hay problema, te puedo prestar unos que son casi iguales. Pero la playera..., podríamos intentar hacerla con una blanca que tengo. ¿Sabes dibujar?

—Soy un experto —me dijo—, siempre saqué diez en dibujo.

Le di entonces la camiseta blanca y los plumones y le mostré el modelo a copiar: una franja anaranjada con el escudo de la escuela al centro.

No estuve atento cuando lo hizo, pero la verdad le quedó igualita a la mía.

El desayuno tuvo sus problemitas cuando Pablo no quiso tomarse la leche y le pidió a mi mamá una taza de café negro.

—¿Tomas café en tu casa? —le preguntó sorprendida.

—Desde que era un niño —respondió Pablo, y luego, al darse cuenta de que la había regado, corrigió:— bueno, un niño de ocho años.

No muy convencida, mi mamá le sirvió el café a pesar de que a mí no me lo había dado a probar nunca. Al rato, a Pablo se le volvió a olvidar que era un niño de doce años y empezó a leer el periódico y a hablar sobre la caída de los precios del petróleo. Afortunadamente, mi papá estaba concentrado en unos papeles de su trabajo y no oyó nada. Sólo miró el reloj y nos dijo que nos apresuráramos porque si no íbamos a llegar tarde a la escuela.

El director no notó nada en la nota de Pablo, bueno de mi papá, así es que él personalmente fue al salón a decirle al profesor de matemáticas y a todos los compañeros que Pablo iba a estar algunos días con nosotros. La clase fue divertida, porque todos los problemas que el maestro ponía en el pizarrón, Pablo los resolvía al instante.

—¿Y dónde has aprendido tanto? —le preguntó en frente de todos.

—En mi pueblo —repitió Pablo orgulloso—. Allí, en Paso de Ganado, en sexto de primaria ya sabemos tanta química y tanta física que cualquiera puede construir en su casa una bomba atómica.

Todos se rieron, menos el profesor, que prefirió mejor agarrarla contra él. Se puso a hacerle preguntas y más preguntas de matemáticas que mi amigo resolvía de inmediato. Tuve que darle un pisotón, sin que nadie se diera cuenta, para que no se le pasara la mano. Él comprendió el mensaje y se equivocó, a propósito, en las últimas preguntas.

La clase de biología fue más divertida. A Pablo le dio por decirle a la maestra que no tenía razón cuando explicó por qué el hombre descendía del mono. Levantó la mano y dijo que él había hecho muchos experimentos con monos y que la constitución metabólica, eso dijo, de los changos es muy diferente y muy superior a la de los hombres. La señorita Lucy ni siquiera se enojó. Sólo le dijo que "pobrecito, en tu pueblo no deben enseñarte nada", a lo que Pablo, furioso, respondió:

—Pues esta glándula —y se tocó abajo de la oreja— tiene un funcionamiento distinto entre los primates changos y los primates humanos.

—¡Hasta glándulas inventan en tu pueblo!

Otro pisotón sirvió para que mi amigo dejara de pelearse con la maestra. Yo ya empezaba a tener miedo de que descubrieran pronto que él no era un niño sino un famoso doctor. Si seguía haciéndole de sabelotodo no iba a ser difícil que quisieran saber más acerca de su pueblo, su educación y sus papás.

A la hora del recreo, Pablo estaba como nunca lo había visto de enojado. Decía que la señorita Lucy no sabía nada de nada. Fue entonces cuando se le ocurrió darle una lección. ❖

La lección

❖ —Vamos a demostrarle que sus teorías están equivocadas y las mías no.

—Pablo —traté de explicarle—, comprende que ella tiene razón, por eso es la maestra. Tú eres el que tiene que acordarse de que eres un alumno, y no un doctor que...

—No, no se trata de eso. Lo que tenemos que probar es que mi fórmula sirve también con otras personas.

—¿Estás diciendo que...?

—Claro, estoy diciendo que vamos a hacer que la señorita Lucy sea una niña..., déjame hacer el cálculo..., como de cinco años. ¿Qué te parece?

La mera verdad, aunque tenía curiosidad por saber si la fórmula funcionaba también con otros, hacer eso con la señorita Lucy me parecía muy arriesgado. Además, a pesar de que me mandaba a veces al rincón, a mí me caía bien. Ella fue la que me dio la idea de hacer una colección de hojas de árbol.

—¿Y cómo le vas a hacer para que se tome tu asqueroso licuado de ratones? No me digas que se lo va a tomar así porque sí.

—De eso ni te preocupes, algo se me ocurrirá.

El resto del día fue también divertido. En la clase de deportes, Pablo fue todo lo contrario de lo que había sido en matemáticas y biología: no tenía idea de cómo hacer el salto de altura, ni de cómo arrancar para la carrera de 100 metros. El maestro se propuso hacerlo entrar en condición: sentadillas, lagartijas y abdominales. Al terminar la clase, Pablo casi no tenía respiración y le dolía todo el cuerpo.

A la salida, dejé a Pablo en su departamento con la promesa de que volvería por la tarde. En el camino compró unos bisteces, un jitomate y medio kilo de tortillas. Seguramente se iba a hacer una mejor comida que la que a mí me esperaba en la casa.

Pero no cabe duda de que las sorpresas llegan cuando uno menos se las espera: casualmente había de comer bisteces, jitomate con lechuga y tortillas. Comí con gusto sólo de pensar que a esas mismas horas mi amigo estaba comiendo exactamente lo mismo.

Por la tarde, terminé rápido la tarea para darme una escapada a su departamento. Pablo me esperaba con otra de sus ocurrencias: una carta dirigida a mis papás escrita por sus supuestos papás. Decía:

> Estimados señores Poyo:
>
> Agradecemos tanto que hayan aceptado quedarse con nuestro hijo mientras nosotros hacemos el viaje al Polo Sur que desde hace muchos años queríamos hacer. Pablo es un chico muy educado que no les dará ningún problema. A mi esposa y a mí nos ha parecido que ustedes son las máximas personas a quienes podemos confiar a nuestro hijo, por eso hemos aceptado su invitación. Muchas gracias y hasta pronto.
>
> Elena y Bernabé Funes
>
> P.D. Les agradeceríamos mucho que Pablo pudiera tomar café en las mañanas. Está muy acostumbrado. Esperamos invitarlos a cenar a nuestro regreso.

—Pero mis papás se van a preguntar por qué te invité a quedarte con nosotros sin su autorización —le reclamé enojado.

—Bueno, podrías decirles que mis papás harían lo mismo por ti y que tú sabías que ellos no iban a poderse negar.

Al fin y al cabo, no pasará de ser un enojo a cambio de que yo pueda quedarme en tu casa, ¿te parece?

—No me encanta la idea de la regañada, pero tampoco podría dejar que siguieras viviendo solo en tu departamento.

—Asunto arreglado, así es que antes de llegar a tu casa tenemos que pasar a comprar ropa, zapatos, útiles escolares, maleta... ❖

La tienda

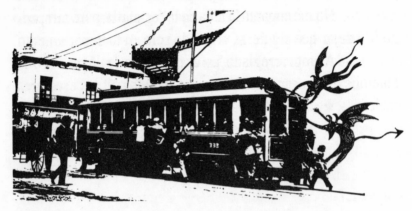

❖ Teníamos que apurarle con las compras para llegar a casa antes de la hora de cenar.

Lo primero que Pablo quiso comprarse fueron unos tenis y unos zapatos que sí le quedaran bien. Luego se probó unos pantalones de mezclilla. Como sí fueron de su talla, agarró otros tres y los echó al carrito. También compró cuatro camisas, dos playeras, una piyama, unas pantuflas, una toalla y una maleta. Cuando nos dirigíamos a una de las cajas a pagar, un señor se nos acercó:

—Ey, niños, ¿dónde están sus papás?

—En su casa —respondió Pablo—. ¿Quiere mandarles un saludo?

—Más les vale que no se hagan los graciosos conmigo. Hay muchos niños como ustedes que creen que pueden divertirse a nuestras costillas. Llenan los carritos de mercancía y luego huyen de la tienda, ¿eh? Así es que vayan empezando a regresar las cosas a su lugar antes de que llame a la policía.

—¿Está chiflado? —lo retó Pablo—. Vamos a pagar todo esto que llevamos en el carrito. ¿Quién se cree usted para decirnos que sólo estamos jugando?

—Mira, niño, no quiero enojarme, te lo advierto. O empiezan en este mismo momento a regresar las cosas a su lugar, o le llaman a sus papás para que vengan a pagar.

—Pues hay muchos lugares donde podemos comprar ropa. No necesitamos de esta mugrosa tienda en la que tratan tan mal a los clientes.

Pablo sacó entonces de la bolsa un montón de billetes y se los mostró al señor.

—¿De dónde sacaste eso? De la bolsa de tu mamá, ¿verdad? A mí nadie me engaña, por algo soy el detective de esta tienda... Yo creo que eres un pequeño raterillo. Lo mejor va a ser que llame a la policía hasta que tus papás vengan a darte una buena paliza— y cuando lo iba a jalar de la oreja, Pablo le dio un tremendo puntapié.

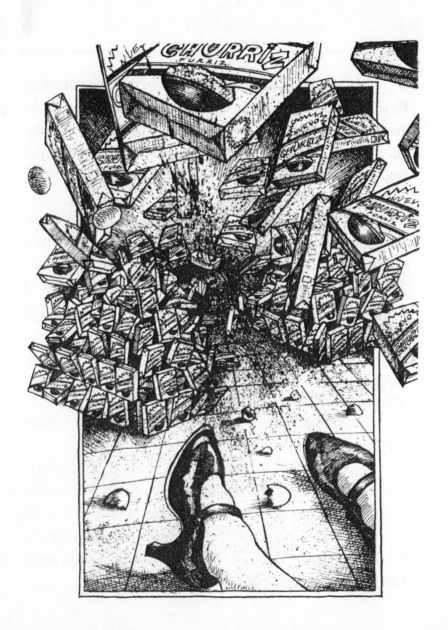

No hubo necesidad de ponernos de acuerdo. Los dos echamos tal carrera que, a nuestro paso hacia la salida, derribamos una montaña de cajas de cereal y tropezamos con una señora, que fue a dar al piso con todo y los huevos que llevaba en una bolsa. Por más que el detective le gritó al policía para que nos detuviera, iba a ser realmente difícil que alguien nos diera alcance.

Llegamos a la bicicleta, Pablo se subió a los diablitos y, entre los gritos del detective y la señora y los pitidos del policía, bajamos por la avenida a toda velocidad.

Nos quedaba ya poco tiempo para hacer las compras y no llegar tarde a cenar. Y ya sabíamos que iba a ser difícil hacerlo en una sola tienda sin que sospecharan de nosotros. Así es que sólo alcanzamos a comprar, en distintas tiendas, unos tenis, una camisa, dos calzones y, por supuesto, una maleta.

En el elevador, Pablo me dijo que al día siguiente iríamos a comprar lo que faltaba. Por lo pronto yo le prestaría la ropa que no tuviera.

Como era de esperarse, mis papás se sorprendieron al leer la carta de los "papás" de Pablo.

—Pero..., si yo no conozco a tus papás.

—Claro, señora, a lo mejor no se acuerda de ellos...,
siempre están en las juntas de padres de familia.

—Mmm...

—Mi papá es el señor gordo de barba blanca. Ingenie-
ro químico. Y mi mamá es la pelirroja con pecas en la cara.
¿Los recuerda?

—No estoy muy segura —se quedó pensativa—. Me
gustaría hablarles por teléfono para...

—Tomaron el avión hoy por la mañana.

—Entonces hablaré con tus abuelos, o algún tío, o...

—No tengo ningún pariente, señora. ¿Cree usted que
mis papás los hubieran molestado si tuviera un abuelo con
quien quedarme? En realidad, a quien más conozco en esta
ciudad es a Martín, lo considero casi como un primo.

—Ya hablaré con tus papás cuando regresen. Y conti-
go —se dirigió a mí— quiero hablar a solas.

No pienso repetir aquí toda la regañada que me dieron,
primero mi mamá y luego mi papá. Con ayuda de unas cuantas
"mentiritas", terminé convenciéndolos de que no iban a tener
ninguna queja de nosotros durante los próximos días. ❖

La señorita Lucy

❖ DURANTE el desayuno, mis papás no estaban todavía muy contentos. Y no nada más porque había invitado a Pablo sin su permiso, sino porque también llevamos a vivir con nosotros al gatito. Sin embargo, mi mamá le sirvió a Pablo su café y lo dejó hojear el periódico.

Salimos rumbo a la escuela un poco antes de lo normal porque Pablo quería pasar al mercado a comprar una manzana y luego a su departamento. Una vez allí, Pablo sacó una jeringa y le inyectó a la manzana un poco de su fórmula.

—La señorita Lucy —me dijo— va a ser una niña dentro de unas cuantas horas. Habrá que comprarle un chupón —y se rió con tanto gusto que yo también me reí.

En la clase de gramática, Pablo respondió otra vez a todas las preguntas que hizo el maestro. A la mayoría de los

compañeros del salón empezaba a no caerles tan bien, aunque algunos cuantos celebraban con risas todo lo que hacía. Juan, uno de mis mejores amigos, trató de llevarse bien con Pablo: en el recreo le dio parte de su torta y le invitó un refresco. Los tres jugamos un rato al trompo hasta que un niño mayor, como de tercero, le pegó un fuerte balonazo a Pablo. A él pareció no dolerle mucho, pero Juan, que siempre ha sido el más bravo del salón, retó a golpes al otro. Entonces salió Pablo con una más de sus ocurrencias.

—¡No, Juan! —le gritó— ¡No vayas a pegarle! Recuerda que tus papás te dijeron que si volvías a golpear a alguien te metían en un internado. ¡No lo hagas, por favor!

Yo no sabía bien a bien qué se traía Pablo entre manos, pero lo que es Juan, el sí que no entendió nada.

—No dejes que te pegue —le dijo luego al niño mayor—. La última vez que lo hizo le arrancó de un solo golpe una oreja a un muchacho de..., ¿cuántos años tenía, Martín?

Como yo ya había entendido cuál era su idea, hice como que recordaba y respondí:

—Creo que catorce. Fue espantoso... Tanta sangre...

—Déjate la sangre —siguió Pablo:—, el hospital. Tuvieron que operarlo esa misma mañana.

El muchacho que le había pegado el balonazo a Pablo empezaba a creerse la historia cuando Juan entendió también el juego:

—Pues no me importa si me mandan a un internado...

—Calma, calma —dijo el agresor, ya bastante asustado—. No fue a propósito. No tiene ningún caso que peleemos.

Juan terminó perdonándole la vida.

Después del recreo llegó la hora esperada de la clase de biología. La señorita Lucy habló de los crustáceos y los moluscos. Pablo estuvo a punto de ponerse de nuevo a discutir con ella pero se contuvo para que, al final de la clase, se le acercara y le regalara la manzana.

—Sé que me porté mal ayer —le dijo—. Por eso le traigo esta manzana. Es de mi pueblo, y las manzanas de Paso de Ganado tienen fama de ser las mejores. Pruébela y verá que no le miento.

—Gracias, Pablo, me la comeré después. Se ve deliciosa.

Pablo intentó hacer que se la comiera en ese instante, pero fue imposible. O no tenía hambre, o quería comérsela sola, o quizás se la regalaría a alguien. El caso es que Pablo estaba furioso. Él quería ver cómo se iba transformando poco a poco en niña. La maestra salió del salón con sus libros y con la manzana rumbo a la dirección.

Íbamos a seguirla, pero topamos con el maestro de matemáticas. Nos pidió que entráramos al salón porque la clase iba a comenzar. Hizo preguntas y puso problemas en el pizarrón a los que no dejó que Pablo contestara.

Al terminar la clase, nos enteramos del escándalo: en la dirección, el señor Delgado y otros maestros no sabían qué hacer con una niña, como de ocho años, que juraba que era la señorita Lucy y que estaba vestida con sus mismas ropas, aunque la verdad le quedaban muy, pero muy grandes. ❖

Un montón de manzanas

❖ PARECÍA el día más feliz de la vida de Pablo. Yo en cambio estaba un poco asustado. Por más que la señorita Lucy me castigara tanto, creía que la broma había sido demasiado dura. Ya no podría dar clases y no tendría papás que la cuidaran. Y yo ya no podría inventarme otra historia para hacer que se quedara a vivir en mi casa, como Pablo.

Al día siguiente, como si nada hubiera pasado, fuimos a la escuela. La señorita Lucy, vestida ya con ropa de niña, seguía allí con el señor Delgado. En cuanto llegamos, nos dijeron que teníamos que ir a la dirección. Yo me temía lo peor: que nos hubieran descubierto con lo de la pócima para rejuvenecer o con lo de la carta de mi papá. El corazón casi se me salía.

—Ahora van a ser buenos niños —nos ordenó la señorita Lucy, o más bien la niña Lucy— y me van a decir de dónde sacaron esa manzana.

Pablo salvó la situación:

—Señor Delgado, ¿quién es esta niña? Yo no la conozco, ¿y tú, Martín?

—Ustedes respondan a lo que les está preguntando —nos dijo con voz golpeada el director.

—¿De qué manzana habla? ¿De la que le regalé a la señorita Lucy ayer?

—Por supuesto que de esa manzana estoy hablando —respondió la niña, creyéndose todavía maestra.

—Reconozco que dije una mentira —confesó Pablo—. La manzana que le regalé ayer a la maestra no era de Paso de Ganado; la compramos Martín y yo en el mercado cuando veníamos hacia la escuela.

—¿En qué puesto? —preguntaron los dos al mismo tiempo.

—Si quieren podemos llevarlos.

Y dicho y hecho. Nomás dijimos que los llevaríamos, y el señor Delgado y Lucy cerraron la puerta de la dirección y salieron con nosotros rumbo al mercado.

Al llegar allí, el señor Delgado compró todas las manzanas del puesto. Tuvimos que parar a un taxi para poder

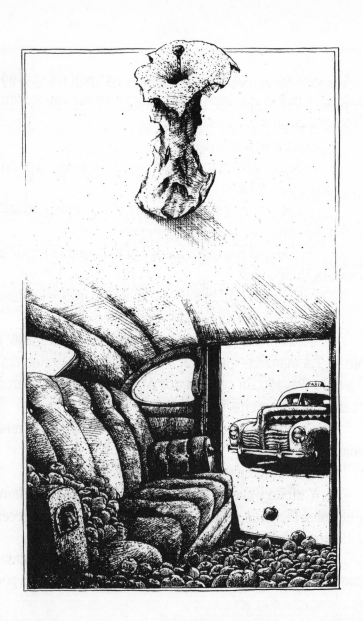

llevarlas a la escuela. En el camino, el director empezó a comerse una manzana, así, sin lavar. Y cuando llegamos, seguía comiendo, una tras otra. Nos dio las gracias y nos mandó a clases sin darnos ninguna explicación.

Durante el recreo pudimos asomarnos a la dirección: el señor Delgado seguía mordiendo manzanas, con tal asco que parecía que se estaba comiendo una lagartija viva. Mientras, Lucy trataba de convencerlo de que la manzana fue la que la hizo rejuvenecer.

Jugamos un rato. Pablo era cada vez más bueno con el trompo: ya sabía bailarlo en la uña y ganaba en las competencias con los de tercero. Cuando nos comíamos una torta, me contó sus nuevos planes. Me dijo que, una vez comprobado el éxito de su invento, nunca vendería su fórmula, aunque sí la usaría para hacer que otros se volvieran niños como él y como Lucy.

—¿Y por qué no le haces el favor al señor Delgado? Se nota que se muere de ganas de convertirse en niño.

—Ya veremos —me respondió—. Hay que dejar primero que agote todas las manzanas que hay en la ciudad.

—Entonces, ¿a quién piensas darle la fórmula?

—Ah... Es algo en lo que he pensado mucho. ¿Qué te parece un asilo de ancianos?

—¡Un asilo de ancianos!

—Claro. ¿No te parece una idea genial? Imagínate que de la noche a la mañana un asilo de ancianos se convierte en un jardín de niños. ❖

El asilo

❖ EL ASILO de ancianos quedaba bastante lejos de la casa. Y más si se piensa que entre Pablo y yo caminamos casi veinte cuadras cargando un garrafón de exquisita agua de jamaica..., claro, de jamaica con gotitas de la maravillosa pócima de ratones, lagartijas y caracoles.

Era sábado, un sábado con tanto calor que lo que menos se antojaba era llevar camisa encima, y lo que más tomarse esa roja, dulce y fría agua de jamaica que habíamos preparado en el departamento de Pablo. Llegamos al asilo como a las doce, llenos de sudor y casi sin fuerzas.

El viejito que nos abrió la puerta era un señor con cara de zorro, la barba gris y puntiaguda, los ojos brillantes y las orejas afiladas. Era el director del asilo.

—A ustedes no los conozco —nos dijo—, nunca han venido por aquí, ¿verdad?

—Nos acabamos de cambiar a esta colonia —mintió Pablo—. Somos de un pueblito llamado Paso de Ganado. Pero desde la semana pasada ya vivimos en la ciudad.

—Ah, ya veo. Déjenme adivinar: sus papás los mandaron aquí para traerles a estos olvidados ancianos un poco de agua de jamaica, ¿o me equivoco?

—Sí, señor —contestó Pablo haciéndose el sorprendido—, a eso nos mandaron. Mi mamá me pidió que le dijéramos que por ahora, mientras terminábamos de establecernos en la ciudad, quería enviarles a todos los viejitos del asilo este modesto regalo. Y créame que la mejor agua de jamaica del mundo la hace mi mamá.

—Es su especialidad —recalqué yo.

—Denle las gracias de parte de todos, estoy seguro de que nos va a gustar. Aunque —se quedó pensativo—, ¿por qué no me acompañan? Aquí ya va a ser la hora de la comida. Ustedes mismos podrán comprobar si es cierto que a todos les gusta el agua, que la mera verdad se ve deliciosa.

—Y con este calor...

En efecto, en ese momento sonó la campana que llamaba a comer. Mientras seguíamos al director rumbo al comedor, los viejitos del asilo, algunos tan viejitos que apenas podían moverse, salían de distintos lados: de una sala con televisión y mesas de juego, de un jardincito con bancas, de sus cuartos. Eran cuarenta y cinco, los conté.

Cuando ya todos estaban sentados en las mesas, el director nos presentó y les anunció que nuestros papás les habían mandado de regalo la mejor agua de jamaica del mundo. Los viejitos, al parecer con más sed que hambre, aplaudieron y empezaron a golpear las mesas con los cubiertos para que les sirvieran pronto de beber.

Una señora que trabajaba allí llevó a cada mesa una jarra llena del agua roja que, sin que aún lo supieran, los haría dichosos. Con el calor que hacía, en unos cuantos minutos los viejitos acabaron con toda la que había.

Lo primero que notamos fue que se quedaron como encantados, o más bien: hechizados. Recordé entonces lo que Pablo me había contado acerca de cuando empezó a hacerle efecto la fórmula. Sabores de vainilla, chocolate, música de flauta.

Lo que pasó a continuación fue fantástico. Los ancianos y el director empezaron a reírse como niños, cantaban, saltaban encima de las mesas, gritaban. No me cabía ninguna duda de que ése parecía el día más feliz de sus vidas. En cinco

minutos, tal como lo había dicho Pablo, todos los viejos habían desaparecido y en su lugar se miraban, asombrados, cuarenta y siete niños, si contamos también al director y a la señora que servía las mesas. Los había de distintas edades, desde una niñita de cuna, como de dos meses de nacida, hasta un niño con cara de zorro de una edad similar a la de Pablo y la mía.

—Soy Juancho, ¿qué no me reconoces? —decía un niño de ocho años a una niña de cinco.

—Juancho, te ves muy bien. Yo soy María, ¿qué tal me veo? —y se abrazaron como si fueran unos verdaderos niños.

Pablo estaba otra vez que no cabía en sí mismo de contento. Miraba toda esa escena con unos ojos que casi se le salían las lágrimas del puro gusto. Cuando me dijo que mejor nos regresáramos a la casa para hacer nuevos planes, vimos que algunos de los nuevos niños se salían a la calle. Al verlos, la gente que pasaba por allí se quedaba sorprendida con el espectáculo: de un asilo de ancianos salían sólo niños, como si adentro se celebrara una fiesta de cumpleaños de alguno de ellos.

—Vámonos corriendo —me pidió Pablo—, antes de que empiecen todos a pensar que fue el agua de jamaica la responsable del milagro.

Apenas terminó de decírmelo, su predicción se hizo realidad: tuvimos que huir porque algunos niños nos pedían más agua que "para un primo que tiene noventa años", que "para la señora Rubí que está a punto de morir de vieja", que "para un amigo que vive en otro asilo", que "para King Botello, el que fuera campeón de box hace más de cincuenta años".

Cuando llegamos al parque y estuvimos seguros de que ningún niño nos seguía, Pablo ya tenía otra idea en la cabeza. No quiso decirme nada todavía. ❖

El cuaderno

❖ AL LLEGAR a la casa, descubrimos que mi papá ya estaba encariñado con el gatito: lo tenía sobre el hombro y lo acariciaba. Además estaba de muy buen humor, porque nos invitó a ir al día siguiente al estadio de futbol. Pablo se apresuró a responder:

—Qué lástima que no vayamos a poder ir, ¿verdad, Martín?

Como yo no sabía qué se traía en mente, sólo asentí con la cabeza, aunque con mucho coraje porque a mí sí se me antojaba ir a un partido de futbol. Mi papá nos miró con ojos incrédulos.

—Quedamos de ir a la fiesta de Juan —continuó Pablo—. Cumple once años y si no vamos nosotros, que somos sus mejores amigos, sería lo peor que le podríamos hacer.

—No me habían dicho nada se quejó mi papá—. No podrían faltar a esa fiesta. Es más: yo mismo los llevaré.

—No tiene caso, señor —intervino Pablo—. Juan vive muy cerquita, aquí a la vuelta del edificio.

De todas todas, con ayuda de unas cuantas "mentiritas", Pablo convenció a mi papá de no ir al estadio y de que no nos llevara a la supuesta fiesta de Juan. Por la tarde, fuimos con él a la tienda a comprar el regalo de cumpleaños y, más noche, a comer pizzas.

Antes de dormir, volví a pedirle a Pablo que me contara cuál era el misterioso plan que tenía en la cabeza, pero no quiso decirme nada, sólo que estaba afinando los últimos detalles y que no me preocupara porque nos íbamos a divertir.

Al día siguiente, mientras Pablo se bañaba, aproveché para ver a través de mi olvidado telescopio. Los domingos por la mañana había poca gente en las calles. El señor de los jugos atendía a unas cuantas personas, el policía de la Oficina de Correos dormía sobre una silla a la entrada del edificio, un coche se pasaba el alto, una banda de perros recibía comida de manos del chofer de un carro de basura. En una de las ventanas de un edificio vecino, una señora hacía gimnasia, en otra tres niños veían televisión mientras tomaban chocolate con leche, en otra más una viejita dormía plácidamente en una mecedora.

En lo que era el departamento del doctor Funes las cosas seguían tal y como Pablo y yo las dejamos el día anterior: el cuaderno de pastas azules sobre la mesa del comedor, la tabla de cortar, la olla en la que habíamos hervido la flor de jamaica...

En esos momentos salió Pablo de la regadera. Me tocaba a mí el baño.

Empezaba a vestirme cuando mi amigo gritó desde la ventana:

—¡Martín, apúrale! Tenemos graves problemas.

Apenas alcancé a ponerme los tenis y así, sin peinarme, salí junto con Pablo rumbo al elevador. En lo que bajábamos, me explicó lo que pasaba:

Mientras te bañabas, me puse un rato a ver con el telescopio: había una persona dentro de mi departamento. Se trata de alguien a quien conozco muy bien y que según me imagino no está allí con buenas intenciones: ni más ni menos que el doctor Moebius. Es un tipejo que desde hace años quiere robarme mis descubrimientos, y si ve el cuaderno estoy seguro de que se lo va a llevar.

—¿Y qué hacemos? —pregunté.

—Detenerlo de inmediato.

—Acuérdate de que somos unos niños... —pero Pablo no alcanzó a oírme porque en ese momento se abrieron las puertas.

Cruzamos la calle a toda velocidad. Me pidió que yo subiera por el elevador; él lo haría por las escaleras: así el ladrón no tendría ninguna oportunidad de escaparse.

Al llegar al piso doce encontramos la puerta del departamento abierta y en su interior nada de doctor Moebius y tampoco nada de cuaderno de pastas azules sobre la mesa.

—¡Se lo ha llevado! —se quejó Pablo, realmente furioso—. Tenemos que rescatar el cuaderno si no... se quedó pensativo y luego se calmó:— bueno, la verdad es que no urge tanto, porque acabo de recordar que si Moebius se pone a fabricar la fórmula para rejuvenecer le va a faltar un pequeño detalle. Nunca apunté en el cuaderno el último ingrediente que descubrí para que pudiera hacer su verdadero efecto: el babociclato de los caracoles. Dejaremos que se divierta un poco antes de recuperarlo.

Como lo veía ya más animado, traté de sacarle algo acerca de los planes que tenía para ese día y que a mí ya me habían costado no asistir al futbol.

—No comas ansias. Vamos a despedirnos de tus papás para que podamos irnos cuanto antes a la fiesta de Juan.

—¡A la fiesta de Juan! —me molesté con él.— ¿Qué voy a inventar cuando Juan me invite en realidad a su fiesta de cumpleaños? No creo que mis papás me crean el cuento de que él cumple dos veces al año. ❖

La fábrica

❖ TANTO misterio ya estaba empezando a molestarme. No se me ocurría qué otra cosa podría interesarle más a Pablo que haber convertido en niños a cuarenta y siete viejitos. Pensé en su actor favorito de cine, en algún viejo jugador de futbol a quien Pablo, o más bien el doctor Funes, hubiera admirado de niño, en un elefante del zoológico, en el señor Delgado, que a esas horas seguramente estaría vomitando manzanas.

A Pablo no le importó que la curiosidad me tuviera de tan mal humor. Guardó en su bolsa el frasco con la fórmula y me dijo que ya era hora de salir. Antes de despedirnos de mis papás, que estaban muy entretenidos jugando con el gato, tomó un momento el periódico y, sin decir nada, me señaló con el dedo un artículo:

MISTERIO EN UN ASILO DE ANCIANOS.- Los ancianos que hasta ayer habitaban en el Asilo Bellavista desaparecieron misteriosamente. Los vecinos del lugar se dieron cuenta de la desaparición cuando encontraron a medio centenar de niños jugando y cantando en las afueras del Asilo. La policía, ante la demanda de algunos familiares que habían acudido al lugar a visitar a sus parientes, está sobre la pista. Al parecer, los raptores se llevaron a los ancianos en un camión. Se espera que de un momento a otro alguno de los plagiarios llame para pedir el dinero por su rescate. Entre tanto, los niños que jugaban afuera del Asilo, y algunos más que se encontraban en el interior, se niegan a abandonarlo. La policía busca también a los desobligados padres, de quienes se sospecha que dejaron allí a sus hijos y huyeron...

¡Hasta dónde había llegado la refrescante agua de jamaica que Pablo y yo preparamos! Para algunos, la policía y los familiares de los ancianos, significaba una fuerte preocupación y un gran trabajo inútil por delante, y para otros, los propios viejitos, era el motivo seguramente de más alegría en sus vidas.

Antes de salir, Pablo tomó un paquete de bisteces del refrigerador y lo escondió abajo de la camisa. Yo llevaba el balón de regalo para Juan. Prometimos regresar después de la hora de la comida.

En el elevador Pablo me comentó la noticia que acabábamos de leer en el periódico. Dijo que lo importante era que los niños ex ancianos debían estar muy contentos, y que la policía se encargaría de buscarles hogares para que pudieran empezar a vivir otros ochenta años.

Después de casi una hora de camino en camión, Pablo me anunció que ya habíamos llegado a nuestro destino. Caminamos todavía dos cuadras hasta que, frente a las puertas de una construcción que no podía ser otra cosa que una fábrica, me confió su plan.

—Haz el bien sin mirar a quién —me dijo—. Lo que ahora haremos será dejar a la suerte quiénes serán los nuevos niños que agradecerán a mi fórmula su juventud. Una especie de lotería.

—La mera verdad, no entiendo nada.

—Pues ahí te va: vamos a echar un chorro de la fórmula en ese depósito —me señaló un tanque enorme que tenía al lado una escalera—. Allí se almacena agua que sirve para la fabricación de cerveza. Si echamos en ese depósito una

cantidad razonable de gotas de mi descubrimiento, las cervezas que se fabriquen con esa agua harán que la gente que las beba rejuvenezca... Algunos tendrán catorce años, otros siete y otros hasta un mes de nacidos.

Haz el bien sin mirar a quién... Yo todavía no estaba muy convencido de que convertir a los adultos en niños era hacer el bien. Imaginé a unos papás que de buenas a primeras se volvieran compañeros de juego de sus propios hijos, o a un muchacho que en una fiesta tuviera que cambiar su cerveza por una mamila, o al presidente con ganas de ponerse a jugar futbol en la calle.

—¿Y cómo vamos a echarle la fórmula al agua? —le pregunté, sabiendo que, aunque a mí me pareciera difícil, para él iba a ser algo sencillo. Además de que la barda que había que saltar estaba muy alta, la fábrica estaba custodiada por tres perros que no se veían con cara de buenos amigos.

En vez de responderme puso manos a la obra. Sacó el paquete de bisteces, a los que les untó con el dedo un poquito de la fórmula, y se los lanzó, uno por uno, a los perros que nos ladraban tras las rejas. Sobra decir que se los devoraron de un solo bocado. También sobra decir lo que sucedió después: los perros se pusieron como locos de contento y, en cinco minutos, se convirtieron en tres inofensivos y juguetones cachorritos.

El siguiente paso fue escalar la barda, que resultó difícil pero no imposible, gracias a que yo le di la idea a Pablo de hacerle banquito para que él se trepara. Una vez adentro, mientras yo vigilaba que nadie nos viera, se subió por las escaleras y, al llegar al tanque, echó en él casi todo lo que sobraba de la fórmula.

Por mí me hubiera llevado a uno de los cachorros, pero ya había sido suficiente con lo de Pablo y el gatito. Además, pensé, ya crecerían otra vez y volverían a cuidar la fábrica.

El plan de Pablo, la verdad, no me había parecido tan divertido, ya que nunca íbamos a saber quiénes habían sido los de la suerte de convertirse en niños tan sólo por echarse un trago de cerveza. ❖

El doctor Moebius

❖ SE ME antojó que, como antes de llegar a la casa había que hacer algo de tiempo, podíamos ir al circo y a comprar helados. Pero ya Pablo tenía otra cosa en la cabeza: rescatar su cuaderno de las manos de su enemigo, el doctor Moebius.

Tomamos el camión de regreso, nos subimos al metro, recorrimos cuatro estaciones y caminamos tres cuadras: frente a nosotros estaba la residencia del ladrón del cuaderno.

Antes de saltar la barda, Pablo me dijo que tendríamos que darle unas gotitas al cuidador para que pudiéramos trabajar a gusto. En una tienda cercana compramos una gelatina, a la que le untamos una capa de barniz mágico, y yo se la llevé al cuidador:

—Le envía esta gelatina la señora de la tienda. Me dijo que era su regalo de navidad.

—Pero si estamos en mayo —replicó.

—Yo no sé. Eso fue lo que me dijo.

El cuidador me dio las gracias y, a pesar de que estaba sorprendido por el regalo tan atrasado o tan adelantado, se comió con gusto la gelatina.

En cuanto escuchamos el llanto del cuidador, como de un año de edad, saltamos la barda, atravesamos el jardín, entre árbol y árbol para no ser descubiertos. Llegamos a un patio, trepamos por una columna de ladrillos hasta una terraza a la cual daba, me explicó Pablo, que según me dijo conocía muy bien la casa, el laboratorio del doctor Moebius.

Lo agarramos justo en el momento en que vaciaba la olla en la licuadora y la encendía para moler todos los ingredientes..., claro, menos el babociclato de los caracoles. El doctor Moebius coló el asqueroso licuado con una tela hasta que logró por fin ver el producto que había cocinado: una agüita color verde que, según creía, lo haría rejuvenecer.

Lo alcanzamos a oír hablando solo:

—Ahora sí, mi querido doctor Funes. Sé que debes andar por allí convertido en un jovencito de veinte o veintidós años, o a lo mejor eres un niño de nueve o diez... Ahora me toca a mí.

Sacó del refrigerador un refresco, lo sirvió en un vaso y le echó seis o siete gotas de la fórmula. Antes de tomárselo, se miró en el espejo y se dijo a sí mismo: "Adiós, querido doctor Moebius, nos veremos dentro de sesenta años".

Lo que pasó después fue algo más emocionante que lo que había visto en el Asilo. Ni Pablo creía lo que sus ojos estaban viendo. El doctor Moebius se tomó casi de un solo trago todo el refresco y se sentó después en una mecedora a esperar los efectos de la fórmula. Primero se rió, luego se rascó la espalda, la nuca, la cabeza, las piernas, el ombligo, la nariz; al rato, las manos no le alcanzaban para rascarse todo el cuerpo. De pronto, al parecer, dejó de sentir la comezón, ya que otra vez pudo descansar plácidamente en su mecedora, con una sonrisa en los labios.

Entonces empezó a transformarse: le brotaron pelos en los cachetes, en la frente, en el cuello, en las manos: parecía una especie de chango vestido con bata de doctor. Después le empezó a crecer una cola larga, larga, como de animal prehistórico. Se notaba, por las caras que hacía, que sentía dolor con todo lo que le estaba pasando. Hasta ahí, el doctor Moebius era una especie de dinosaurio con cara de ratón, aunque algo flacucho y con bata.

Creímos que el efecto de la fórmula había terminado y que el doctor empezaría pronto una nueva vida en la jaula más visitada de un zoológico, pero nos equivocamos. Le empezaron a crujir los huesos como papas fritas, le saltaron los ojos, la boca le creció poco a poco, se le fue estirando más y más hasta que quedó convertida en un auténtico hocico de caballo. Luego los brazos se le fueron yendo, hasta transfor-

marse en patas de animal, así como las manos en algo muy parecido a las pezuñas. En menos de un minuto, el doctor Moebius era ya un verdadero caballo, aunque del tamaño de un ratón.

Pablo tenía los ojos abiertos como nunca y estaba totalmente callado. Luego de unos minutos, atentos todavía a que algo más sucediera, nos metimos en el laboratorio. Pablo puso en la palma de su mano al caballo y con un dedo le acarició el lomo.

—Nunca debiste robar mi cuaderno —le dijo—. Ahora tendré que ponerme a investigar cómo volverte a transformar en el doctor Moebius, aunque no lo merezcas. Por lo pronto, mi amigo Martín y yo te conseguiremos un poco de pasto para tu comida.

Tuve la impresión de que el caballito quería decirme algo, pero sólo alcanzó a lanzar relinchitos que apenas se podían oír. ❖

Y así pasaron los días

❖ LAS SIGUIENTES semanas transcurrieron lentamente.
Nos acabamos las últimas gotas de la fórmula con la viejita a la que veíamos en su mecedora a través del telescopio y con el policía de la Oficina de Correos. Con la fórmula del doctor Moebius, hicimos más caballitos: al detective de la tienda y a una jirafa del zoológico. Leímos en el periódico "la misteriosa desaparición de un famoso juez, de un equipo completo de beisbol, de todas las personas que comían en un restaurante...". Y también "un grave problema que afecta a toda la ciudad: muchos padres abandonan a sus hijos en la calle".

Durante esos días, fui varias veces al rincón con la nueva maestra de biología y escribí muchas páginas con la frase "Debo estar atento en la clase de matemáticas". El señor Delgado siguió comiendo manzanas y la señorita Lucy, o más bien la niña Lucy, era ya una alumna regular de tercero de primaria.

En cuanto a Pablo, la escuela empezó a aburrirlo. Lo que quería era investigar cómo hacer que nuestro caballito, el doctor Moebius, volviera a ser un hombre común y corriente. También quiso fabricar más fórmula para rejuvenecer, pero no pudimos conseguir uno de los ingredientes, las flores de jacaranda, porque ya no era temporada: había que esperar cuando menos unos diez meses. Aprendió a andar en bicicleta, dejó de interesarse por las noticias del petróleo, continuó tomando café por las mañanas y siguió teniendo siempre buenas ocurrencias e inventando nuevas fórmulas.

Un día fabricó, con huesos de durazno, pepinos, cochinillas y caca de conejo una fórmula para hacer que los pelones tuvieran pelo, pero algo falló porque a aquéllos a los que se las dio tenían que cortárselo una vez al día si no querían que la cabellera se les arrastrara por el piso. Otra vez, inventó una asquerosa pócima con patas de pollo, uñas que él mismo se cortaba, espinas de rosal y telas de araña: con ella hizo que a los perros de la calle les salieran colas de alacrán, que fueron el terror de la ciudad durante algunos días, hasta que todos fueron apresados y llevados a las perreras y a la Universidad para que los estudiaran. También hizo unas pastillas con las que el profesor de geografía olvidó los nombres de los países y los continentes, una pomada para que a los chaparros les crecieran los brazos y unos polvos que hacían que el hígado encebollado supiera a dulce de guayaba.

Mis papás preguntaban cada día con más insistencia cuándo llegaban de su viaje al Polo Sur los papás de Pablo. Y cada vez se encariñaban más y más con el gatito. Una noche, vimos que mi papá se iba a tomar una cerveza: yo fingí que me tropezaba para hacer que se le cayera al piso. Luego de darme una leve regañada, sacó otra cerveza del refrigerador: fue Pablo entonces el que se encargó de tropezarse y hacer que la botella se hiciera añicos en el suelo.

En el clóset vivía el doctor Moebius, al que alimentábamos diariamente con pasto y agua. Mi mamá estuvo a punto de descubrirlo un día que hacía la limpieza, pero Pablo alcanzó a guardarlo dentro de un tenis viejo y apestoso. ❖

El final

❖ Todo pasaba, como quien dice, de la manera más normal. Hasta que un día Pablo y yo llegamos cansados de la escuela. Una buena sorpresa nos esperaba al abrir la puerta: había en la casa un nuevo gato. Pensamos que mis papás estaban tan encariñados con el otro que habían decidido comprar uno más grande para que cuidara del chiquito y le hiciera compañía.

Pero por desgracia no fue así. Lo supimos cuando mi mamá entró al departamento:

—¡Martín y Pablo! —nos gritó furiosa—. Esto ya ha ido demasiado lejos. Permití que trajeran un gatito a la casa, pero otro..., eso sí que no. No sé cómo le van a hacer, pero en este mismo momento regresan ese gato a su dueño.

Pablo y yo nos quedamos viendo a los ojos. Antes de contestarle a mi mamá a los dos nos entró la misma duda: nos pusimos al instante a buscar al gatito. No lo encontramos por ningún lado.

Sin decirnos nada, Pablo y yo sabíamos qué significaba la presencia de ese gato en la casa: la fórmula había dejado de surtir efecto y el gatito había regresado a tener la misma edad que tenía antes de tomar la leche con gotitas que le había dado el doctor Funes. En ese momento, aunque con una tristeza que sólo yo notaba, Pablo encontró la manera de solucionar el problema.

—Se me olvidó decirle, señora, que hoy llegan mis papás del Polo Sur y que ese gato me lo regalaron a mí. Ya dentro de un rato tendré que irme. Los voy a extrañar...

—Yo también te voy a extrañar —le dije.

—Pero vendrás pronto a visitarnos, ¿no es cierto? —lo invitó mi mamá—. Además espero conocer pronto a tus papás.

Hicimos la maleta de Pablo y luego lo acompañé a su departamento. Me pidió que lo dejara solo. No quiso que estuviera presente cuando llegara el momento de transformarse nuevamente en el doctor Funes.

Desde entonces, cuento los días que faltan para que las jacarandas empiecen a echar sus flores. ❖

Índice

El telescopio 7

El gato 12

El doctor Funes 16

El experimento 23

Pablo 28

Problemitas 34

El plan 40

La escuela 45

La lección 50

La tienda 54

La señorita Lucy 59

Un montón de manzanas 64

El asilo 69

El cuaderno 75

La fábrica 79

El doctor Moebius 85

Y así pasaron los días 90

El final 93

La fórmula del doctor Funes, de Francisco Hinojosa,
número 44 de la colección A la Orilla del Viento,
se terminó de imprimir y encuadernar en marzo de 2015
en Impresora y Encuadernadora Progreso, S. A. de C. V. (IEPSA),
calzada San Lorenzo, 244; 09830 México, D. F.

El tiraje fue de 8 400 ejemplares.